Johann Wolfgang von Goethe

Das Tagebuch: 1810

Antigonos

Johann Wolfgang von Goethe

Das Tagebuch: 1810

Unveränderter Nachdruck der Originalausgabe von 1880.

1. Auflage 2024 | ISBN: 978-3-38692-167-1

Antigonos Verlag ist ein Imprint der Outlook Verlagsgesellschaft mbH.

Verlag: Outlook Verlag GmbH, Zeilweg 44, 60439 Frankfurt, Deutschland, info@outlook-verlag.de
Vertretungsberechtigt: E. Roepke, Zeilweg 44, 60439 Frankfurt, Deutschland
Druck: Libri Plureos GmbH, Friedensallee 273, 22763 Hamburg, Deutschland

Das Tagebuch.

1810.

VON

GŒTHE.

DRITTE AUFLAGE.

KARLSBAD
HANS FELLER.
1880.

— aliam tenui; sed jam quum gaudia adirem,
Admonuit dominae deseruitque Venus.

Tib. I, 5. v. 39. 40.

WIR hörens oft und glaubens wohl am Ende:
Das Menschenherz sei ewig unergründlich,
Und wie man auch sich hin und wieder wende,
So sei der Christe wie der Heide sündlich.
Das Beste bleibt, wir geben uns die Hände
Und nehmens mit der Lehre nicht empfindlich;
Denn zeigt sich auch ein Dämon, uns versuchend,
So waltet Was, gerettet ist die Tugend.

Von meiner Trauten lange Zeit entfernet,
Wie's öfter geht, nach irdischem Gewinne,
Und was ich auch gewonnen und gelernet,
So hatt' ich doch nur immer *sie* im Sinne;
Und wie zu Nacht der Himmel erst sich sternet,
Erinnrung uns umleuchtet ferner Minne:
So ward im Federzug des Tags Ereigniss
Mit süssen Worten ihr ein freundlich Gleichniss.

Ich eilte nun zurück. Zerbrochen sollte
Mein Wagen mich noch Eine Nacht verspäten;
Schon dacht' ich mich, wie ich zu Hause rollte,
Allein da war Geduld und Werk vonnöthen.
Und wie ich auch mit Schmied und Wagner tollte,
Sie hämmerten, verschmähten viel zu reden.
Ein jedes Handwerk hat nun seine Schnurren.
Was blieb mir nun? Zu weilen und zu murren.

Da stand ich nun. Der Stern des nächsten Schildes
Berief mich hin, die Wohnung schien erträglich.
Ein Mädchen kam, des seltensten Gebildes,
Das Licht erleuchtend. Mir ward gleich behäglich.
Hausflur und Treppe sah ich als ein Mildes,
Die Zimmerchen erfreuten mich unsäglich.
Den sündigen Menschen, der im Freien schwebet —
Die Schönheit spinnt, sie ist's, die ihn umwebet.

Nun setzt' ich mich zu meiner Tasch' und Briefen
Und meines Tagebuchs Genauigkeiten,
Um so wie sonst, wenn alle Menschen schliefen,
Mir und der Trauten Freude zu bereiten;
Doch weiss ich nicht, die Tintenworte liefen
Nicht so wie sonst in alle Kleinigkeiten:
Das Mädchen kam, des Abendessens Bürde
Vertheilte sie gewandt mit Gruss und Würde.

Sie geht und kommt; ich spreche, sie erwiedert;
Mit jedem Wort erscheint sie mir geschmückter.
Und wie sie leicht mir nun das Huhn zergliedert,
Bewegend Hand und Arm, geschickt, geschickter —
Was auch das tolle Zeug in uns befiedert —
Genug, ich bin verworrner, bin verrückter,
Den Stuhl umwerfend spring ich auf und fasse
Das schöne Kind; sie lispelt: „Lasse, lasse!

„Die Muhme drunten lauscht, ein alter Drache,
Sie zählt bedächtig des Geschäfts Minute;
Sie denkt sich unten, was ich oben mache,
Bei jedem Zögern schwenkt sie frisch die Ruthe.
Doch schliesse deine Thüre nicht und wache,
So kommt die Mitternacht uns wohl zu gute.“
Rasch meinem Arm entwindet sie die Glieder,
Und eilet fort und kommt nur dienend wieder;

Doch blickend auch! So dass aus jedem Blicke
Sich himmlisches Versprechen mir entfaltet.
Den stillen Seufzer drängt sie nicht zurücke,
Der ihren Busen herrlicher gestaltet.
Ich sehe, dass am Ohr, um Hals und G'nicke
Der flüchtgen Röthe Liebesblüthe waltet,
Und da sie Nichts zu leisten weiter findet,
Geht sie und zögert, sieht sich um, verschwindet.

Der Mitternacht gehören Haus und Strassen,
Mir ist ein weites Lager aufgebreitet,
Wovon den kleinsten Theil mir anzumassen
Die Liebe räth, die Alles wohl bereitet;
Ich zaud're noch, die Kerzen auszublasen,
Nun hör ich sie, wie leise sie auch gleitet,
Mit gierigem Blick die Hochgestalt umschweif ich,
Sie senkt sich her, die Wohlgestalt ergreif ich.

Sie macht sich los: „Vergönne, dass ich rede,
Damit ich dir nicht völlig fremd gehöre.
Der Schein ist wider mich, sonst war ich blöde,
Stets gegen Männer setzt' ich mich zur Wehre.
Mich nennt die Stadt, mich nennt die Gegend spröde
Nun aber weiss ich, wie das Herz sich kehre:
Du bist mein Sieger, lass dich's nicht verdriessen,
Ich sah, ich liebte, schwur dich zu geniessen.

„Du hast mich rein, und wenn ich's besser wüsste,
So gäb ich's dir, ich thue was ich sage."
So schliesst sie mich an ihre süssen Brüste,
Als ob ihr nur an meiner Brust behage,
Und wie ich Mund und Aug' und Stirne küsste,
So war ich doch in wunderbarer Lage:
Denn der so hitzig sonst den Meister spielet,
Weicht schülerhaft zurück und abgekühlet.

Ihr scheint ein süsses Wort, ein Kuss zu g'nügen,
Als wär' es Alles, was ihr Herz begehrte.
Wie keusch sie mir, mit liebevollem Fügen,
Des süssen Körpers Fülleform gewährte!
Entzückt und froh in allen ihren Zügen
Und ruhig dann, als wenn sie nichts entbehrte.
So ruht' ich auch, gefällig sie beschauend,
Noch auf den Meister hoffend und vertrauend.

Doch als ich länger mein Geschick bedachte,
Von tausend Flüchen mir die Seele kochte,
Mich selbst verwünschend, grinsend mich belachte,
Nichts besser ward, wie ich auch zaudern mochte,
Da lag sie schlafend, schöner als sie wachte;
Die Lichter dämmerten mit langem Dochte.
Der Tagesarbeit, jugendlicher Mühe
Gesellt sich gern der Schlaf und nie zu frühe.

So lag sie himmlisch an bequemer Stelle,
Als wenn das Lager ihr allein gehörte,
Und an die Wand gedrückt, gequetscht zur Hölle,
Ohnmächtig Jener, dem sie Nichts verwehrte.
Vom Schlangenbisse fällt zunächst der Quelle
Ein Wandrer so, den schon der Durst verzehrte.
Sie athmet lieblich holdem Traum entgegen;
Er hält den Athem, sie nicht aufzuregen.

Gefasst bei dem, was ihm noch nie begegnet,
Spricht er zu sich: „So musst du doch erfahren,
Warum der Bräutigam sich kreuzt und segnet,
Vor Nestelknüpfen scheu sich zu bewahren.
Weit lieber da, wo's Hellebarden regnet,
Als hier im Schimpf! So war es nicht vor Jahren,
Als deine Herrin dir zum ersten Male
Vor's Auge trat im prachterhellten Saale.

Da quoll dein Herz, da schwollen deine Sinnen,
So dass der ganze Mensch entzückt sich regte!
Zum raschen Tanze trugst du sie von hinnen,
Die kaum der Arm und schon der Busen hegte,
Als wolltest du dir selbst sie abgewinnen;
Vervielfacht war, was sich für sie bewegte:
Verstand und Witz und alle Lebensgeister
Und rascher als die andern jener Meister.

So immerfort wuchs Neigung und Begierde,
Brautleute wurden wir im frühen Jahre,
Sie selbst des Maien schönste Blum' und Zierde;
Wie wuchs die Kraft zur Lust im jungen Paare!
Und als ich endlich sie zur Kirche führte,
Gesteh' ich's nur, vor Priester und Altare,
Vor deinem Jammerbild sogar, o Christe,
Verzeih mir's Gott, es regte sich der Iste.

Und ihr, der Brautnacht reiche Bettgehänge,
Ihr Pfühle, die ihr euch so breit erstrecktet,
Ihr Teppiche, die Lieb' und Lustgedränge
Mit euren seidnen Fittigen bedecktet!
Ihr Käfigvögel, die durch Zwitschersänge
Zu neuer Lust und nie zu früh erwecktet;
Ihr kanntet uns, von eurem Schutz umfriedet,
Theilnehmend sie, mich immer unermüdet.

Und wie wir oft sodann im Raub genossen
Nach Buhlenart des Eh'stands heil'ge Rechte,
Von reifer Saat umwogt, vom Rohr umschlossen,
An manchem Unort, wo ich's mich erfrechte,
Wir waren augenblicklich, unverdrossen
Und wiederholt bedient vom braven Knechte!
Verfluchter Knecht, wie unerwecklich liegst du!
Und deinen Herrn um's schönste Glück betriegst du!"

Doch Meister Iste hat nun seine Grillen
Und lässt sich nicht befehlen noch verachten,
Auf Einmal ist er da, und ganz im Stillen
Erhebt er sich zu allen seinen Prachten;
So steht es nun dem Wandrer ganz zu Willen,
Nicht lechzend mehr am Quell zu übernachten.
Er neigt sich hin, er will die Schläferin küssen,
Allein er stockt, er fühlt sich weggerissen.

Wer hat zur Kraft ihn wieder aufgestählet?
Als jenes Bild, das ihm auf ewig theuer,
Mit dem er sich in Jugendlust vermählet:
Dort leuchtet her ein frisch erquicklich Feuer,
Und wie er erst in Ohnmacht sich gequälet,
So wird nun hier dem Starken nicht geheuer.
Er schaudert weg, vorsichtig, leise, leise
Entzieht er sich dem holden Zauberkreise.

Sitzt, schreibt: „Ich nahte mich der heimischen Pforte,
Entfernen wollten mich die letzten Stunden,
Da hab ich nun am sonderbarsten Orte
Mein treues Herz aufs Neue dir verbunden.
Zum Schlusse findest du geheime Worte:
Die Krankheit erst bewähret den Gesunden.
Dies Büchlein soll dir manches Gute zeigen,
Das Beste nur muss ich zuletzt verschweigen.“

Da kräht der Hahn. Das Mädchen schnell entwindet
Der Decke sich und wirft sich rasch ins Mieder.
Und da sie sich so seltsam wiederfindet,
So stutzt sie, blickt und schlägt die Augen nieder;
Und da sie ihm zum letzten Mal verschwindet,
Im Auge bleiben ihm die schönen Glieder.
Das Posthorn tönt, er wirft sich in den Wagen
Und lässt getrost sich zu der Liebsten tragen.

Und weil zuletzt bei jeder Dichtungsweise
Moralien uns ernstlich fördern sollen,
So will auch ich in so beliebtem Gleise
Euch gern bekennen, was die Verse wollen:
Wir stolpern wohl auf unsrer Lebensreise,
Und doch vermögen in der Welt, der tollen,
Zwei Hebel viel aufs irdische Getriebe:
Sehr viel die *Pflicht*, unendlich mehr die *Liebe*.

Zeugniſſe
der Echtheit des vorstehenden Gedichtes.

I.

Aus Eckermann's Gesprächen mit Gœthe.

I. Theil. S. 115.

MITTWOCH, den 25. Februar 1824. *Gœthe* zeigte mir heute zwei recht merkwürdige Gedichte, beide in hohem Grade sittlich in ihrer Tendenz, in einzelnen Motiven jedoch so ohne allen Rückhalt natürlich und wahr, dass die Welt dergleichen unsittlich zu nennen pflegt, weshalb er sie denn auch geheim hielt und an eine öffentliche Mittheilung nicht dachte.

„Könnten Geist und höhere Bildung,“ sagte er, „ein Gemeingut werden, so hätte der Dichter ein gutes Spiel, er könnte immer durchaus wahr sein und brauchte sich nicht zu scheuen, das Beste zu sagen. So aber muss er sich immer in einem gewissen Niveau halten; er hat zu bedenken, dass seine Werke in die Hände einer gemisch- ten Welt kommen, und er hat daher Ursache, sich in Acht zu nehmen, dass er der Mehrzahl guter Menschen durch eine zu grosse Offenheit kein Aergerniss gebe. Und dann ist die Zeit ein wunderlich Ding. Sie ist ein Tyrann, der seine Launen hat, und die zu dem, was einer sagt und thut, in jedem Jahrhundert ein ander

Gesicht macht. Was den alten Griechen zu sagen erlaubt war, will *uns* zu sagen nicht mehr anstehen, und was *Shakespeare*'s kräftigen Mitmenschen durchaus anmuthete, kann der Engländer von 1820 nicht mehr ertragen, so dass in der neuesten Zeit ein Family-Shakespeare ein gefühltes Bedürfniss wird."

Auch liegt sehr vieles in der Form, fügte ich hinzu. Das eine jener beiden Gedichte, in dem Ton und Versmass der Alten, hat weit weniger Zurückstossendes... Das andere Gedicht dagegen, in dem Ton und der Versart von Meister *Ariost*, ist weit verfänglicher. Es behandelt ein Abenteuer von heute, in der Sprache von heute, und, indem es dadurch ohne alle Umhüllung ganz in unsere Gegenwart hereintritt, erscheinen die einzelnen Kühnheiten bei weitem verwegener.

„Sie haben Recht," sagte *Gœthe*, „es liegen in den verschiedenen poetischen Formen geheimnissvoll grosse Wirkungen. Wenn man den Inhalt meiner Römischen Elegieen in den Ton und die Versart von *Byron*'s Don Juan übertragen wollte, so müsste sich das Gesagte ganz verrucht ausnehmen."

II.

Aus Riemer's Mittheilungen über Gœthe.

II. Band. S. 622.

ŒTHE hatte die Römischen Elegieen nicht vollständig mitgetheilt, sondern Nr. II u. III ausgelassen, als verfänglichen Inhalts, aber nothwendig in diesen Kreis gehörig, und ein Muster, wie auch solche Materien mit Geist und Geschmack im grossen Styl behandelt werden können; wie auch *Schiller* fand, ihre Unterdrückung nur bedauernd.

Gœthe hatte vor, noch ein zweites Buch Elegieen zu den römischen zu schreiben. (Brief an *Schiller* vom 7. December 1796.)

Als eine solche Fortsetzung, oder wenigstens als eine nachträgliche Vermehrung dieser Gedichtsclasse, waren die Elegieen an Euphrosyne, das Wiedersehen, Amyntas zu betrachten. Ja, zwei Jahre darauf brachten die Elegieen des *Properz*, die er in *Knebel*'s Uebersetzung wiederum las, eine Erschütterung in seiner Natur hervor, wie es Werke dieser Art zu thun pflegen, eine Lust etwas Aehnliches hervorzubringen, die er aber verwinden musste, weil er damals ganz andere Dinge vorhatte. Eine sogenannte *erotische*, wahrscheinlich angeregt durch die Novelle galanti des Abbate *Casti*, die er bereits in Rom von ihm selber hatte vorlesen hören und nun gedruckt wieder zu sehen bekam, dictirte er mir in Karlsbad 1810. Sie ist zur Zeit noch secretirt geblieben und möge es noch lange bleiben, da die guten Deutschen keinen Spass verstehen und Alles gleich für baaren Ernst nehmen, was auch nur ein *Usus Ingenii* ist. Es muss einer das Privilegium dazu haben, wie *Wieland*, *Heinse*, *Thümmel* u. s. w., um dergleichen mit Beifall und Nachfrage in die Welt zu setzen, Anderen wird die Waare confiscirt, wenn sie auch zehnmal besser ist. Doch *Gæthe* kehrte von selbst „zum Landprediger von Wakefield mit unschuldigem Behagen zurück" (Werke 32, 74).

Sie ist *Das Tagebuch* betitelt, in vortrefflichen Stanzen ein verliebtes Abenteuer schildernd, wobei die *Sinnlichkeit* durch den Gedanken an die eine und wahre Geliebte *paralysirt* wird. Den besten Commentar, zugleich mit dem Thema selbst, würden *Montaigne*'s Gedanken und Meinungen, übersetzt von *Bode*, Band I, Cap. 20 „über die Einbildungskraft" besonders S. 167 zu geben vermögen, wenigstens hat es *mir* immer so bedäuchten wollen.

Druck von B. G. Teubner in Leipzig.